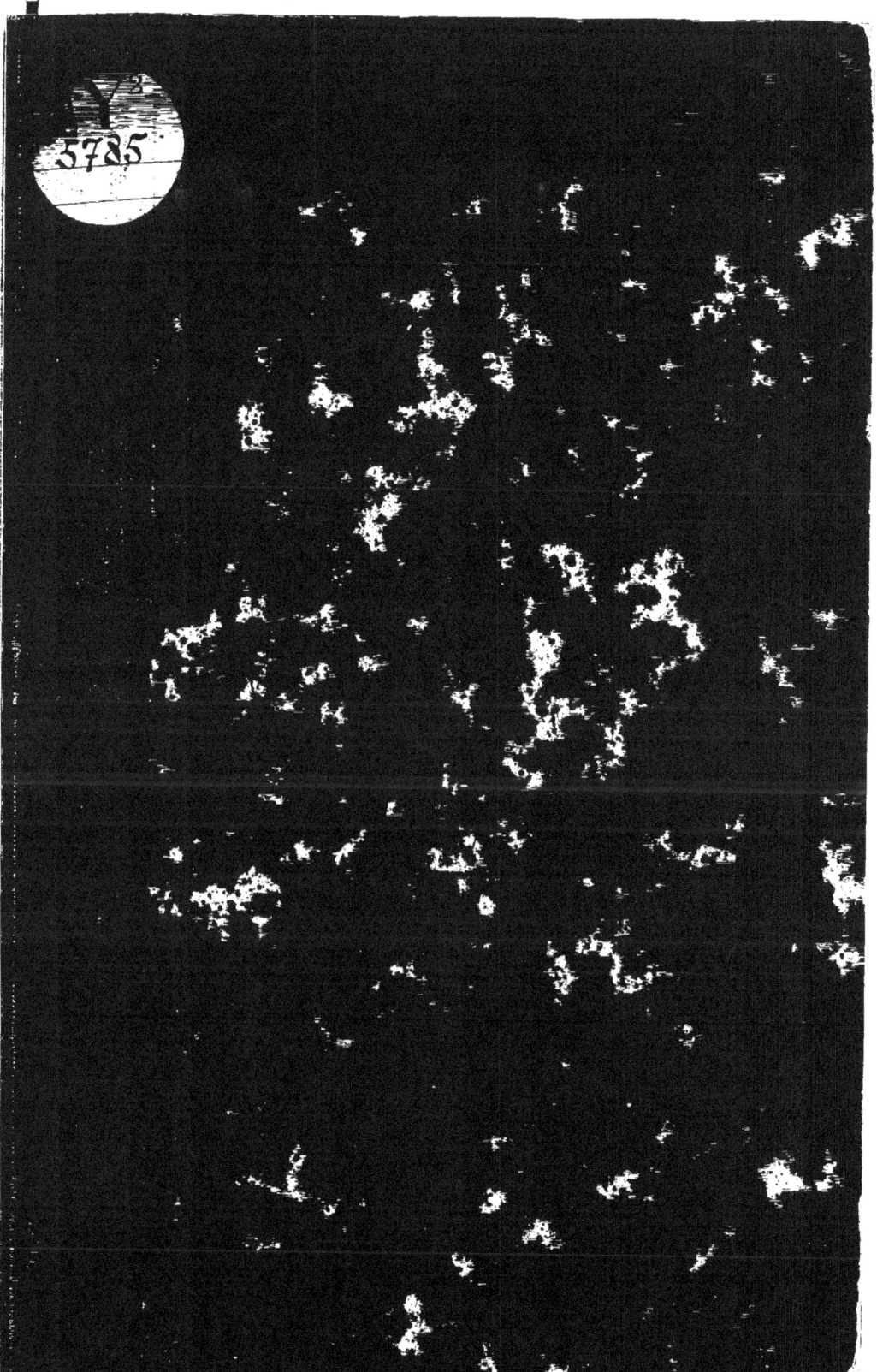

NOTICE BIOGRAPHIQUE

SUR

MME LA C^TESSE DE MULISSAC

Tiré à CENT CINQUANTE *exemplaires.*

MULISSAC, en Anjou, porte
D'azur à la mule gaie d'argent, ferrée, bridée et bâtée d'or,
chargée d'un sac de sable, férue d'un vilain de carnation vêtu
et coiffé de gueules tenant en main un bâton noueux du
second, à la champagne chardonnée cousue de sinople.

CIMIER : Rencontre de mule sommé d'une couronne de comte,
broutant une fleur de chardon.

DEVISE : **Qui me bat non m'abat.**

NOTICE BIOGRAPHIQUE

SUR

MME LA C^{TESSE} DE MULISSAC

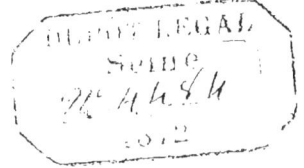

PARIS

IMPRIMERIE PAUL DUPONT

41, RUE JEAN-JACQUES-ROUSSEAU, 41

—

1872

NOTICE BIOGRAPHIQUE

SUR

MME LA C^SSE DE MULISSAC

Il me serait assez difficile
d'affirmer que Jeanne de Sartilly fût positivement jolie à
dix-sept ans, à cet âge où une
femme ne peut encore répon-
dre ni de son nez ni de sa
taille. Ses pieds paraissaient
un peu trop longs, et ses
mains, fort gonflées, souf-

fraient encore d'engelures tar-
dives ; mais ses yeux bleus,
très-limpides et très-profonds,
regardaient les personnes avec
une douceur infinie et une
candeur qu'ils conservèrent
toujours, malgré les leçons de
l'expérience; ses dents, blan-
ches comme du lait, ne deman-
daient qu'à manger et à rire,
et des flots de cheveux blonds
tombaient sur les plus fraî-
ches épaules du monde.

La demoiselle ainsi faite vivait au fond du faubourg
Saint-Germain, en 1822, avec
sa tante, la baronne de Nail-

loux, qui en avait soin depuis la mort de ses père et
mère. Mlle de Sartilly venait
d'hériter d'une fort honnête
fortune, et la baronne de Nailloux devait lui laisser la
sienne, si jamais il lui arrivait de mourir, ce qui sem-
blait peu probable à n'en ju-
ger que par le temps depuis
lequel elle vivait déjà.

Cet intérieur, fort respectable d'ailleurs, renfermait un
amas considérable de préjugés
sur toutes les choses connues
et quelques autres encore,
comme dit le latin : cela te-

nait à ce milieu lointain, topo-
graphiquement parlant, où
végétaient ces deux âmes, l'une
usée et l'autre absolument
neuve, milieu où les pensées
se cuisaient à l'étouffée, sans
parvenir à se faire jour vers
des horizons éclairés.

La baronne de Nailloux re-
cevait peu de monde, et, dans
tout état de cause, ne voyait
que des hommes âgés, com-
pagnons de sa jeunesse, anciens
admirateurs de sa beauté,
restés fidèles à sa personne
comme de preux chevaliers, et
devenus amis, de rivaux

qu'ils avaient pu être. Cela se
passe ainsi dans la bonne
compagnie, sans quoi on se
brouillerait avec trop de
monde. Mais par cela même
que ces contemporains de la baronne venaient régulièrement
chez elle lui raconter les bruits
de la ville et de la cour, car, à
cette époque, les Tuileries
existaient encore et conte-
naient un roi, par cela même,
dis-je, l'apparition de Jeanne
de Sartilly, d'abord presque
insignifiante pour eux, ne
tarda pas à les gêner, puis à
leur troubler un peu la cer-

velle. J'ai dit : les gêner, et
en cela je n'exagère pas, car
il leur fallait s'observer
beaucoup lorsqu'il s'agissait
de dévoiler un scandale, du
moins, il fallait en dissimuler,
sous des fleurs de rhétorique,
les points scabreux, de crainte
que Jeanne ne comprît trop ou
ne comprît mal ce qu'on voulait dire. On se gênait donc,
mais non sans une certaine
pointe d'aigreur contre la
baronne, qui avait, par son
hospitalité, introduit un loup
innocent dans cette bergerie
de moutons grisonnants.

On disait au commence-
ment : « On ne peut plus aller
« chez la baronne avec *cte*
« petite fille qui vous re-
« garde tout le temps qu'on
« cause; voilà une bonne idée
« qu'elle a eue là, la baronne,
« de s'embâter d'une fille d'a-
« doption, elle qui avait jus-
« qu'à présent évité les en-
« fants avec tant de bon-
« heur! » Et puis, peu à peu
on s'habitua aux yeux bleus
de Jeanne, chacun prit pour
soi les regards de ces yeux,
et ce fut à qui lui ferait la
cour.

Ces galanteries glissaient,
sans l'atteindre, sur l'inno-
cence de Mlle de Sartilly ; elle
n'aimait pas, elle savait qu'une
jeune personne bien élevée n'a
aucun intérêt à s'éprendre de
quelqu'un, parce qu'on ne lui
fait pas épouser ce quelqu'un
et qu'on l'oblige, au contraire,
avec le plus grand soin, à en
épouser un autre ; elle savait
qu'on aime quelquefois après
le mariage, mais qu'on ne doit
pas aimer avant ; aussi les
choses et les hommes pas-
saient inaperçus sous son regard, et l'existence s'écoulait

fort insouciante pour elle.

La baronne de Nailloux se préoccupait cependant de l'avenir de sa nièce, et précisément parce qu'elle savait mieux vivre qu'aucune femme, elle jugea préférable et honnête de marier Jeanne, comme jadis on l'avait mariée elle-même.

Un jour donc, elle fit venir le comte de Mulissac et lui tint à peu près ce langage : « Mon cher ami, vous m'avez souvent dit que vous vous ennuyiez seul dans ce monde ; vous m'avez, depuis vingt ans

que nous nous connaissons, témoigné un si tendre attachement, je suis si sûre de votre
caractère et de vos principes,
que je n'hésite pas à vous offrir ma nièce, en vous deman-
dant de lui donner votre nom,
et d'avoir soin d'elle après
moi. »

Le comte de Mulissac ré-
pondit : « Ma chère amie, je
suis très-flatté que vous ayez
songé à moi pour votre nièce,
mais je vous ferai respectueu-
sement remarquer que j'ai cinquante-trois ans, que je pour-
rais être son père, même son

grand-père, et qu'avant d'accepter votre charmante proposition, j'aimerais assez à savoir si Mlle de Sartilly... »

— Qu'à cela ne tienne, interrompit la baronne, Jeanne fera ce que je lui dirai de faire. Il n'est pas d'usage, que je sache, chez les jeunes personnes bien élevées, de trouver mauvais un mariage arrangé pour elles par les seuls parents qu'elles possèdent en ce monde. Jeanne est bien élevée et...

— S'il en est ainsi, dit le comte, en ce qui me con-

cerne, je ferai de mon mieux
pour rendre votre nièce heureuse.

Là-dessus, il baisa la main
ridée de la baronne et se re-
tira assez étonné de se marier
si vite et si tard, mais avec le
sentiment qu'il ne pouvait
rien refuser à sa vieille
amie.

Mlle de Sartilly accueillit la
communication de son mariage
avec une parfaite bonne grâce.
Elle comprenait qu'il lui fau-
drait se marier un jour ou
l'autre, et elle aimait mieux
entrer tout de suite dans la vie

que d'attendre une solution du
hasard ou de sa propre vo-
lonté. Dans le faubourg Saint-
Germain, les jeunes gens esti-
mèrent que la baronne aurait
pu mener sa nièce dans le monde et la faire connaître avant
de disposer de son existence
d'une façon aussi despotique ;
mais ils se consolèrent vite par
de mauvaises pensées.

Les mères de famille ap-
prouvèrent fort la conduite de
la baronne et lui surent le
meilleur gré de ce qu'elles
nommèrent son sacrifice ; elles
trouvèrent qu'on ne pouvait

agir plus délicatement que de
donner pour mari, à une jeune
personne dont on répond, un
galant homme dont on con-
naît depuis longues années les
habitudes et les principes.

Les hommes faits exprimè-
rent au sujet de cette union la
crainte que Mlle de Sartilly ne
sût pas reconnaître, par une affection suffisante, la preuve
d'attachement que le comte
de Mulissac donnait à la baronne de Nailloux; ils ajou-
taient, du reste, que Mlle de Sartilly était fort bien parta-
gée, que le comte était d'une

des meilleures familles de
l'Anjou et le plus honnête
homme du monde; que, par
conséquent, toutes les chances
de bonheur se trouveraient
réunies dans cette union. De
craintes pour l'avenir de
Jeanne, point : quand les
choses se passent suivant les
vrais principes, il ne faut pas
se préoccuper des détails.

Là-dessus, on se maria.

La comtesse de Mulissac
entra donc dans la vie par
une porte parfaitement hono-
rable et naturelle à l'époque
dont nous parlons; aujour-

d'hui, les idées théoriques sur
la matière se sont modifiées
sensiblement, c'est-à-dire que,
dans les négociations prépa-
ratoires d'un mariage, on tient
un compte plus grand de la
différence d'âge : quelques
personnes mûres et spéciales
pour ce genre de travaux
s'occupent réciproquement de
l'avenir de jeunes gens qui
ne se connaissent pas; on
s'entretient de ce sujet à bâ-
tons rompus, d'abord, on se
renseigne pour ce qui con-
cerne le jeune homme, afin
de savoir non pas s'il a des

maîtresses, mais s'il en a une ;
pour la jeune personne, si
elle se porte bien, si la fortune promise pour le présent
est liquide, et si l'avenir
en assurera l'accroissement ;
les adversaires se rencontrent
à dîner deux fois, et alors les
choses deviennent sérieuses.
On s'aime si on peut, on se
connaît si on l'ose, mais on
se marie dans les deux cas.

La comtesse de Mulissac
ne se repentit point de sa
douce résignation, car elle avait
épousé le plus aimable homme
de la terre. Aux petits soins

pour sa femme, il s'excu-
sait sans cesse de son grand
âge, et le faisait sans cesse
oublier : rompu depuis longtemps aux évènements de la
vie, il ne tourmentait pas
cette enfant, et la laissait
vivre à sa guise. Fort jaloux
par nature, il écartait les sujets de jalousie afin de n'a-
voir pas à les combattre ;
enfin, il sut si bien s'y prendre, que sa femme l'aimait
tendrement. Elle a souvent,
depuis lors, avoué qu'elle en
était presque amoureuse. Ils
vivaient beaucoup à la cam-

pagne, au château du comte
de Mulissac, et ne venaient
passer que deux ou trois
mois à Paris, dans la maison
même de la baronne de
Nailloux, dont Jeanne faisait
les honneurs comme avant son
mariage.

A vingt-deux ans la comtesse
de Mulissac ne pouvait rien
envier à aucune femme sous
le rapport de la beauté. Je
fais appel à ceux qui l'ont
connue à cette époque; je
ne parlerai que pour mé-
moire de ses traits fins et
réguliers, de sa bouche sans

cesse entr'ouverte et sou-
riante, de sa taille mince et
souple.

On vantait ses petits pieds,
et quand elle servait le thé
chez la baronne, les vieux
habitués du lieu se pâmaient
devant ses belles mains blan-
ches et distinguées.

Elle vécut ainsi huit ans
sans se douter qu'elle pût vivre autrement et sans ren-
contrer d'occasion de mal
faire, ce qui fut cause, du
reste, qu'elle ne fit pas mal.

Que devenait le diable pendant ce temps? que faisait-

il ? dans quelle région exer-
çait-il son industrie ? il ne
m'appartient pas de le dire.
Seulement, irrité, avec beaucoup de raison, par la vue
de cet intérieur respectable où
régnait un bonheur tranquille,
il envoya au comte de Mulissac une paralysie des jambes
qui le retint impotent chez
lui et lui interdit désormais
de suivre sa jeune femme
dans l'accomplissement de ses
devoirs de monde. Il fallut
donc que Jeanne se décidât à
aller seule faire des visites,
le soir, ce qui l'ennuyait fort;

mais son mari l'exigeait impérieusement, et d'ailleurs,
on perd ses relations les plus
intimes, si on cesse un instant
seulement de les fréquenter.
A partir de ce jour malheureux,
la comtesse de Mulissac se sentit
prise d'un ennui insurmon-
table quand elle rentrait chez
elle ; elle remarqua que le
comte ramenait du derrière
de sa tête une longue mèche
de cheveux à laquelle il faisait
décrire des méandres autour
de son front, afin d'en
dissimuler la nudité ; elle remarqua... elle remarqua.....

enfin, elle remarqua, ce qu'elle
n'avait jamais fait jusque-là.

Le comte aussi remarqua, de
son côté, mais il n'en parla
qu'une fois à la baronne de
Nailloux, un jour qu'elle se
trouvait seule avec lui. Il lui
dit : « Ma chère amie, je ne
suis plus heureux, votre nièce
est envolée ; je l'ai retenue
tant que j'ai eu des jambes,
mais je ne puis courir après
elle maintenant ; rendez-moi
cette justice que j'ai rempli ma
mission de vieux mari de façon à vous faire honneur ;
j'aime tendrement cette en-

fant. Hélas! que deviendra-
t-elle après moi? car je n'en
ai pas pour longtemps. » La
baronne pleura en silence,
parce qu'elle n'aimait pas voir
partir ses anciens amis pour
le voyage que le comte indi-
quait par une phrase vague,
mais il ne lui vint pas un
instant la pensée de s'excuser
auprès de lui, car de bonne
foi, elle ne se reconnaissait
aucun tort. La délicatesse se
ride, comme le visage, avec
les années.

Le comte de Mulissac disait
vrai, quand il parlait de sa

fin prochaine : il mourut en
1829, avant la révolution qui
mit sur le trône la famille
d'Orléans et plongea dans la
retraite et l'opposition la société dans laquelle il avait
vécu. Il laissa ses biens à sa
femme, qui, du reste, le soigna
avec un véritable dévouement
pendant ses derniers instants.
La baronne de Nailloux le suivit de près au tombeau, et
Jeanne se trouva à peu près
seule au monde, à vingt-six
ans, avec une grande situation de fortune, et une beauté
aussi grande, mais plus dif-

ficile peut-être à gouverner.

Maintenant, que doit faire une femme placée par le sort dans cette position? car il faut toujours prévoir, et le plus tôt c'est le mieux, le moment où ses regrets et sa tendresse posthumes feront place à une nouvelle envie de vivre d'autant plus ardente que les préjugés, les idées religieuses mal dirigées ou les convenances du monde l'auront plus longtemps comprimée. Le parti le plus sage pour elle consiste à se remarier le plus rapidement possible, et avant

qu'une faute commise ne fasse
du mariage une réparation.

Pour Mme de Mulissac, dans
les conditions faciles d'existence que lui créait la perte
de son mari, l'embarras devint grand dès le principe de
son veuvage, car, de divers
côtés, s'abattit sur elle une
nuée de jeunes gens, ceux qui,
embusqués au coin du ma-
riage, n'attendent qu'une proie
à leurs appétits de fortune et
d'ambition. On vit ensuite les
mères se mettre sans délai en
campagne.

Dès que la comtesse de Mu-

Issac quitta le deuil de crêpe,
elle reçut autant d'invitations
à dîner qu'il y a d'heures
dans la journée. Pendant ce
premier deuil même, les visites de condoléance se suc-
cédaient sans relâche.

Si jeune et si malheureuse!
disait l'une.

Si belle et si seule! disait
une autre.

Ce qui pouvait se traduire
en bon français par : Si riche,
et déjà si veuve!

La comtesse remarqua que
chaque fois qu'elle acceptait
un des dîners dont je viens de

parler, il y avait régulièrement
au moins un fils de vingt-cinq
ans à trente ans dans la maison, ou un neveu, à défaut
d'un fils. Chacun, au dire des
parents, poursuivait brave-
ment sa carrière, qui dans
l'armée, qui dans la magistrature ou l'administration; celui-ci était décidé à arriver
loin; celui-là, plus modeste,
resterait volontiers en route;
mais, dans les deux hypothè-
ses, le *adjutorium nostrum in
nomine domini*, c'était toujours : « s'il trouve une femme
à son goût. » La comtesse, qui

3

se développait moralement,
ajoutait mentalement : « et si
je le trouvais au mien. »

Au bout d'une année de ces
présentations détournées et
de ces repas à double menu, la
comtesse déclara, à qui voulut
l'entendre, qu'elle resterait
veuve, tant il lui en coûtait
d'aliéner sa liberté, tant elle
éprouvait de peine à se décider
au milieu des hommages dont
on l'assiégeait, tant enfin, se
dressait vivant et douloureux
dans son cœur le souvenir de
celui dont elle portait encore le
nom. Elle se gardait d'ajouter

qu'un projet d'union germait
dans sa pensée, et que ce projet s'armait de toutes pièces
avant de sortir de sa personne,
comme Minerve ou Bacchus
sortirent jadis de la personne
de Jupiter, chacun à leur ma-
nière.

J'ai dit que la comtesse se
développait au point de vue
pratique de la vie. Se voyant
l'objet des recherches de ceux
qui la connaissaient de près ou
de loin, elle tomba dans le
piége inévitable que l'esprit
des femmes tend à leur cœur :
elle se sentit impérieusement

attirée vers un homme étran-
ger à son milieu et à ses relations, et qui ne se trouvait pas
sur son chemin. C'était, d'ailleurs, une entreprise pour laquelle la recherche de l'inconnu le disputait aux combinaisons les plus délicates.

L'indépendance dont elle
jouissait, la nécessité de diriger
elle-même ses actions et sa
conduite, avaient ouvert à
l'imagination de Mme de Mulissac des horizons nouveaux, et
la politique elle-même venait
troubler cette jolie tête. Elle
rêvait d'idées libérales; elle li-

sait la vie de Mme Roland, ce
glaçon indécent dont la mort a
seule pu faire pardonner les
fausses emphases ; elle suivait
les discussions des Chambres
et elle voulait se mêler à la
nouvelle société qui venait de
jaillir des barricades de Juil-
let 1830, au milieu des élèves
de l'École polytechnique, des
professeurs sans cours et des
avocats sans cause.

Je n'entrerais pas dans ces
détails sur les métamorphoses
morales de Mme de Mulissac, si
je ne les tenais de sa bouche
même. Parmi les héros de cette

époque, Jeanne avait distingué
un député, M. de B..., que
je désignerai ainsi, ne voulant
pas dire son nom véritable,
qui est trop connu; je ne dé-
crirai pas non plus les coquet-
teries qu'il fallut développer
et les détours qu'il fallut em-
ployer pour parvenir jusqu'à
M. de B...

Celui-ci jouait alors, dans
les événements du temps, un
rôle plein d'avenir. Il passait
pour inaccessible aux entraî-
nements étrangers à la politique
et d'une indifférence absolue
aux séductions féminines. Mais

Jeanne, pour la première fois
de sa vie, *voulait*, et ce qu'elle
voulut..., Dieu le voulut.

M. de B... devint éperdu-
ment amoureux de la comtesse
de Mulissac ; il se fit présenter
chez elle, il en chassa les légitimistes, qui reprirent triste-
ment le chemin de la rive gau-
che ; il triompha de ses idées
nobiliaires qui prenaient leur
source aux croisades, et, un
beau jour, il se jeta aux ge-
noux de la comtesse de Mulissac, et lui demanda si elle vou-
drait partager la vie de luttes
et de combats parlementaires

auxquels l'appelaient ses con-
victions, et si elle ne trouve-
rait pas indigne d'elle l'amour
d'un homme de quarante-
deux ans, dont la seule ex-
cuse était de n'avoir jamais
voulu se marier afin de pouvoir
librement s'élever par le travail et la vertu. La comtesse,
à son tour, demanda à réfléchir quelques mois, et répondit, le lendemain matin, qu'elle
acceptait d'unir son sort à celui de M. de B...

Voilà donc la comtesse de
Mulissac devenue Mme de B...
tout court. Cette modification

dans ses cartes de visite et ses
mouchoirs, la suppression de
sa couronne sur ses cachets,
la nécessité de ne plus signer
ses lettres Sartilly-Mulissac,
ce qui amenait, du reste,
des quiproquos incessants de
la part des fournisseurs, les-
quels, ignorants des usages, ré-
pondaient par leurs factures à
l'adresse de *monsieur* Sartilly-
Mulissac; ces mille détails, en
un mot, d'une existence dé-
sœuvrée qui se renouvelle, suffirent à occuper les loisirs de
Jeanne pendant le temps de
sa seconde mue matrimoniale.

Son fiancé lui consacrait le peu de loisirs que lui laissait la politique. Il revenait de la Chambre épuisé de fatigue, très-inquiet de l'avenir, comme, en général, ceux qui s'occupent des affaires publiques, et persuadé, comme eux, que le gouvernement d'alors ne s'établirait sur des bases solides que s'il offrait le portefeuille de l'intérieur à M. C... et celui des affaires étrangères à M. L...

— « Tout cela n'est pas de la politique, disait-il, nous fondons l'édifice social dans le sable. les affaires ne se font pas,

et pendant ce temps, le pays
attend... »

— « Moi aussi, répondait
Jeanne, j'attends que vous me
disiez si je vous plais ce
soir. »

Aussitôt M. de B... se con-
fondait en excuses sur son
peu d'amabilité, il dépouillait
l'homme de la journée et devenait l'amant le plus tendre
et le plus passionné. Rendons-
lui justice : il s'y prenait re-
lativement bien ; c'était un
homme instruit, d'un esprit
cultivé, très-sérieux et très-
honnête, un de ces hommes

dont on dit : « Vous le trouvez
fort ennuyeux, n'est-ce pas ?
eh bien ! si vous le voyiez quand
il est animé par la discussion,
quand il monte à la tribune,
et qu'alors sa parole sonore
et vibrante enlève son audi-
toire... »

Le malheur, c'est que dans
la vie ordinaire, on ne peut
pas toujours offrir à ces hom-
mes-là une discussion animée,
parce que, dans un ménage,
cela se nomme une dispute ;
ni une occasion de faire entendre leur voix sonore sur un
sujet qui les passionne, parce

qu'alors il faut se boucher les oreilles ou sauter par la fenêtre.

Mais les femmes se laissent très-vite prendre aux succès oratoires. Il leur semble que la vie extérieure soit la seule dont un homme puisse les faire vivre, et, tout entières à cet entraînement, elles s'y abandonnent, sans réfléchir aux misères qui les attendent, à la solitude d'abord, puis à l'ambition, qui est une rivale comme une autre, et dont les flagrants délits incessants bravent le Code.

Jeanne ne faisait pas ces raisonnements salutaires; l'ennui
souffert pendant les dernières
années de son premier mariage
l'aveuglait absolument sur les
inconvénients inévitables du
second; elle se sentait de l'influence sur la destinée d'un
homme de talent, elle obéis-
sait aux exigences d'un plan
conçu d'avance, et, au moment d'atteindre son but,
elle fermait les yeux sur l'a-
venir.

D'ailleurs elle croyait, comme
une femme est volontiers dis-
posée à le croire quand elle est

fort jolie, qu'elle prendrait un
empire absolu sur l'homme qui
allait l'épouser, et qu'elle l'ab-
sorberait à son profit, si jamais
les préoccupations du dehors
exerçaient sur lui un prestige
dangereux pour ses amours-
propres intimes. Elle songea
à devenir une figure politique,
c'est-à-dire l'oracle des amis
politiques de son mari, et à
jouer un rôle presque public;
enfin, elle se monta la tête,
tant et si bien, qu'elle se
considéra comme parfaitement
heureuse le jour où, en en-
trant à l'église, elle contracta,

ou plutòt, commit son second
mariage.

M. de B... consentit à
s'absenter de Paris pendant
trois semaines après la céré-
monie, afin de s'abstraire des
affaires et de jouir à l'aise
de son bonheur. Il ne partit
pas, cependant, sans laisser
derrière lui une liste détaillée
des endroits où il devait sé-
journer, afin qu'on lui fìt parvenir ses lettres et les papiers
relatifs à telle ou telle loi
qu'on discutait en ce moment,
et qu'il pût les étudier en
voyageant. Il en résulta pour

lui une fatigue très-grande et
une agitation incessante, pendant le cours de cette petite
absence.

Il revint à Paris avec une
fluxion de poitrine et dut
rester enfermé pendant deux
mois sans voir âme qui vive,
et sans lire ou écrire une ligne.
Ces deux mois furent les plus
heureux du second mariage
de Jeanne. Elle avait très-bon
cœur, elle ne l'a que trop
prouvé, et, par conséquent,
tout ce qui pouvait adoucir
les souffrances de son mari
fut mis en œuvre par elle. Mal-

heureusement, M. de B... venait de subir une atteinte dont il ne se releva jamais, et il dut s'imposer un régime des plus sévères, afin de pouvoir sans danger reprendre la parole dans les discussions publiques.

Pendant sa convalescence, il recueillit les témoignages les plus flatteurs de l'estime dont l'entourait l'opinion de ses collègues, et le salon de Mme de B... devint, suivant ses espérances, le rendez-vous des hommes les plus distingués de l'époque.

On y causait de la façon la

plus agréable, et Jeanne y
apprit, non pas à parler, car
elle ne parla jamais beaucoup, heureusement! mais à
écouter, qualité devenue in-
trouvable chez les femmes de
la génération actuelle. Les
sujets les plus abstraits lui semblaient familiers, tant elle pa-
raissait s'y intéresser, et quand
un de ses hôtes, en discutant
un sujet quelconque, voyait ses
grands yeux bleus fixés sur
lui, il croyait invariablement
produire une impression pro-
fonde sur la maîtresse de la
maison. Un homme se prend

toujours à cette apparence,
parce qu'il se trouve générale-
ment intelligent, et que, dans
ce cas particulier, il se croit sur
le chemin de la victoire. Chacun
quittait le salon de Jeanne avec
une certaine satisfaction inté-
rieure, chacun s'imaginait avoir
avancé ses affaires et touché
son cœur. Il ne saurait entrer
dans le cadre de cette biographie d'une femme charmante,
et vivante encore, de pousser
plus loin les investigations sur
les déclarations d'amour sans
nombre dont Mme de B...
fut l'objet pendant les sept

années qui suivirent son second mariage.

M. de B... avait beaucoup d'amis, c'est tout dire, et pas un ne manqua l'occasion d'avouer à Jeanne qu'il l'aimait. On quittait la Chambre pour venir lui raconter ce qui se passait, et il se passait alors auprès d'elle invariablement la même chose.

Mme de B... s'instruisit beaucoup pendant ces quelques années ; elle put rechercher les limites tracées par la nature à divers sentiments, mais elle ne put jamais dis-

tinguer le point exact où finis-
sait l'amitié pour faire place
à l'amour, même chez ceux
qui lui juraient qu'ils ressen-
taient pour elle l'affection d'un
frère, et qui ne lui deman-
daient, en échange, que l'a-
mitié d'une sœur.

En bonne conscience, il ne
faut pas vouloir l'impossible ;
à trente-cinq ans, Jeanne était
dans toute sa beauté ! et puis,
son accueil sans cesse aimable
et obligeant, la douceur de sa
voix et de son regard en fai-
saient une enchanteresse : elle
possédait une spécialité de

compassion onctueuse et pleine
de sympathie pour celui qui lui
déclarait sa flamme, qui laissait toujours à la victime un
certain espoir. De coquetterie aucune ; à quoi eût-elle
servi d'abord ? En voyant
Mme de B..., on en devenait
amoureux.

Elle s'étonnait elle-même de
ne pas sentir battre son cœur,
jusqu'au jour où ce cœur se mit
à battre, comme dit la ro-
mance,

Sans savoir pourquoi...

mais en sachant parfaitement
pour *qui !!* Ce *qui* était un

conseiller à la Cour des comptes, qu'elle vit pour la première fois à un bal des Tuileries et qui se fit présenter à elle par le ministre des finances. Rien de plus prosaïque que cette entrée en matière ; mais, en définitive, c'est avec de la prose qu'on fait des vers, ou plutôt de la poésie, et Mme de B... éprouva une sensation étrange en causant avec ce conseiller : il dansa avec elle et ne lui débita pas un seul compliment; il n'en voyait pas la nécessité, pour ce qui le concernait.

C'était un homme de trente-
cinq ans, fort convenable dans
ses manières, assez beau de
figure, plein de bon sens, pos-
sédant pour tout esprit, l'esprit de conduite, qui n'est pas
le plus mauvais. On vantait
la régularité de sa vie, l'assi-
duité de ses travaux et l'exac-
.titude de ses additions ; on ne
lui connaissait point de bonnes
fortunes ; il faisait son chemin comme le reste des hu-
mains, c'est-à-dire qu'il suivait
son chemin et devait parvenir
comme les autres, mais pas
beaucoup plus tôt.

Mᵐᵉ de B..., en rentrant
des Tuileries, ne dormit pas
de la nuit. Il fallut un certain
temps au conseiller pour comprendre de quoi il s'agissait.
Cette magistrature de la Cour
des comptes est lente dans
ses moindres travaux, mais
aussi très-consciencieuse. Le
conseiller, quand il comprit,
conçut pour Mᵐᵉ de B... une
passion violente, et ils s'aimè-
rent, au milieu des difficultés
les plus grandes et des obsta-
cles nombreux et variés qu'une
existence régulière dresse à
plaisir sur le chemin des fautes.

Un Dieu spécial veillait sur
Mme de B...; cette relation
resta fort mystérieuse, grâce
à la rapidité foudroyante avec
laquelle elle se noua, et qui
évita aux deux coupables les
préliminaires compromettants
dont les amis observateurs
s'emparent pour perdre une
femme. Jeanne adora le conseiller référendaire et elle
trouva, en faveur de cette passion aussi hétérogène qu'inat-
tendue, des excuses plus que
suffisantes pour sa conscience :
elle fut sérieusement éprise,
dans le sens le plus sincère du

mot, et comprit alors seulement le bonheur des gens (et
on en voit encore) qui s'aiment
sans mal faire, dans le repos
d'une existence honnête.

On remarqua sans doute
que le conseiller venait beaucoup chez M. de B..., qui lui
témoignait une amitié toute
naturelle, mais Jeanne avait
si bien pris le dessus sur les
émotions de sa présence, que
le plus fin s'y fût mépris :
elle affectait une telle familia-
rité en public, et un sans-
gêne de si bon aloi, que le
conseiller passa, aux yeux des

plus malveillants, pour un de
ces personnages muets qui
portent les châles et les man-
teaux, et qui vivent des miettes
de la table sans songer à s'y
asseoir.

Cependant Mme de B... n'é-
tait pas contente de son amant;
il montrait une telle douceur
dans ses rapports, une égalité
d'humeur si parfaite, un caractère si dévoué et si loyal,
que Jeanne ne sut plus, au
bout d'un certain temps, si elle
éprouvait de l'amour ou de
l'amitié : je crois qu'elle aurait
préféré le conseiller coupable

ou infidèle, afin de connaître
les joies de la jalousie et celles
du pardon : celles-là lui furent
constamment refusées pendant
le cours de sa liaison, qui
dura trois années.

M. de B... subissait l'influence d'une vie agitée et
surmenée par les émotions de
la politique; la maladie dont
il souffrait marchait à pas de
géant; son changement n'é-
chappait à personne. Le parti
qu'il dirigeait se préoccupait
avec raison d'un malheur évi-
demment prochain, et cherchait à remplacer son cham-

pion à la tribune par un ora-
teur équivalent, car l'es-
compte de la mort se pratique
dans le monde sur une grande
échelle. Jeanne, en songeant à
la perte de son premier mari,
et en suivant les progrès du
mal qui dévorait M. de B...,
se demandait si elle avait le
mauvais œil, et la pensée de
devenir veuve une seconde
fois la troublait au point de
la rendre vraiment triste. Elle
allait se repentir d'une faute
que le temps amoindrissait à
ses yeux au lieu de l'aggraver,
comme cela arrive en pareil

cas; elle songeait à une rupture dont elle cherchait va-
guement le prétexte sans pouvoir en trouver un à son goût,
lorsqu'elle reçut la lettre sui-
vante, qui mit fin à ses recherches et à ses incertitudes.

« Madame et très-chère amie,

« Vous comprendrez plus tard
« le courage dont je dois m'armer
« aujourd'hui pour vous écrire la
« présente lettre ; mais je vous
« manquerais, à vous qui avez été
« si bonne pour moi, et je me
« manquerais à moi-même, si je
« laissais se prolonger une situa-
« tion pleine de périls pour vous
« et de remords pour moi. Depuis

« un an déjà, une union inespérée
« se présente sans que je l'aie le
« moins du monde recherchée !
« Je n'en attribue pas la réussite
« à mon mérite personnel, croyez-
« le, quelque fausse opinion que
« vos bontés aient pu m'en donner,
« mais bien au sort qui veut m'ac-
« cabler de ses bienfaits et aux
« démarches couronnées de succès
« que les miens ont pu mener à
« bonne fin. Je trouve dans ce ma-
« riage une situation considérable
« comme fortune, et chez ma fian-
« cée des qualités sérieuses qui me
« promettent, je l'espère, d'heu-
« reux jours. Vous m'avez donné
« trop de preuves de l'intérêt que
« vous me portiez pour être in-
« sensible au bonheur qui s'offre
« à moi. Aussi vous en devais-je

« *la première confidence. Laissez-*
« *moi croire que votre amitié ne*
« *m'abandonnera pas au moment de*
« *ma vie où j'en aurai le plus be-*
« *soin, et que je pourrai compter*
« *sur une affection dont je m'ho-*
« *nore, et qui n'est égalée que par*
« *le profond et respectueux atta-*
« *chement dont je vous prie de*
« *trouver ici la sincère expres-*
« *sion.*

         « ALBERT DE F... »

Mme de B... lut cette lettre
d'abord tout bas, et ensuite
tout haut, sans savoir exactement l'effet qu'elle produisait
sur son cerveau. Les mots, écrits
d'une main ferme et sans

une rature, lui apparaissaient
tantôt grands comme des mai-
sons, tantôt microscopiques :
peu à peu ils se confondirent
pour ne plus former qu'une
série de signes sans aucun sens
appréciable; elle laissa tomber
la lettre à ses pieds, et resta
plongée dans un état qui par-
ticipait de la rage et de l'hébê-
tement; la réaction se produisit
rapidement, comme elle se
produit chez les femmes vraiment comme il faut, et elle dit,
en s'adressant à l'écran qu'elle
tenait entre ses mains un peu
crispées :

—« Ah! c'est un peu fort!...
c'est un peu fort! Du reste,
c'est peut-être mieux ainsi. »

A ce moment, on annonça
M. de M..., un des amis du
conseiller, auquel elle demanda, le plus tranquillement du
monde, s'il était vrai qu'Albert
dût se marier prochainement.

L'autre répondit : — « Je
l'ai entendu dire, madame,
mais on dit tant de choses! il
ne m'en a pas parlé, voilà ce
qu'il y a de certain, et je lui
en veux beaucoup. »

— « Je lui en veux au moins
autant que vous, ajouta Jeanne,

car on ne fait pas de ces cho-
ses-là sans prévenir du moins
ses amis; dites-le lui de ma
part, quand vous le verrez. »

— « Je n'y manquerai pas,
madame, soyez-en convain-
cue. »

Le soir même, le conseiller
vint chez M. de B..., et lorsqu'il en trouva l'occasion, il dit
à Jeanne :

— « Avez-vous reçu ma
lettre ? »

— « Laquelle? »

— « Celle où je vous ai

parlé d'un projet dont il s'agit
pour moi. »

— « Ah! oui, à propos, un
mariage, je crois; je vous en
fais mon sincère compliment;
vous avez ce qu'il faut pour
être marié, mon cher ami, et
votre caractère vous met à
l'abri des surprises; je vou-
drais en dire autant du mien :
mais n'en parlons plus, s'il
vous plaît; seulement, dispen-
sez-moi de connaître votre
femme; je préfère m'ennuyer
seule, et vous m'en avez toujours empêchée. »

Elle lui tourna le dos sur

cette péroraison, et fut charmante pendant le reste de la
soirée.

A dater de ce jour, Jeanne
se consacra à M. de B... et ne
le quitta pas un instant. Le
pauvre homme descendait si
vite vers la tombe, que personne, les médecins surtout,
ne put le retenir; tout Paris
suivit son enterrement, la
Chambre entière assista à la
messe qui fut célébrée à Saint-
Roch; les adversaires politiques de M. de B... se mon-
trèrent les plus recueillis de
l'assistance au *Requiescat in*

pace ; on prétendit, à cette époque, que c'était pour mieux l'entendre. Chacun aspergea consciencieusement la bière, en passant le goupillon à son voisin avec un sourire; on retrouva difficilement sa voiture en sortant de l'église ; les hommes chauves s'enfuirent, exaspérés, par les rues adjacentes, pour éviter les rhumes de cerveau et la course du cimetière; cependant il y eut encore assez de monde au Père La Chaise pour qu'on prononçât des discours sur la tombe, et le Président de la Chambre

termina le sien par ces mots,
qui furent fort remarqués :
« Adieu, excellent ami, loyal
« adversaire; adieu, homme
« vraiment honnête et droit,
« adieu ! Nous *te* suivons au-
« jourd'hui (après la mort, on
a le droit de tutoyer les gens
sans beaucoup les connaître),
« nous te suivons aujourd'hui,
« mais ce n'est pas pour la
« dernière fois. »

Un mot de plus, et l'assistance applaudissait.

Jeanne n'eut pas les mêmes
satisfactions après la mort de
son second mari qu'après la

mort du premier. En effet, la
femme d'un homme politique,
si elle joue un rôle indirect,
et pour ainsi dire adjacent,
pendant l'existence de son
mari, disparaît beaucoup plus
vite qu'une autre dès qu'elle
devient veuve. Par sa situation,
elle a dû embrasser bien des
querelles politiques, pour ne
pas déserter son drapeau ; elle
s'est nécessairement créé des
inimitiés très-vives ; elle s'est
acquis, par contre, peu de vé-
ritables affections, car ses obli-
gations officielles l'ont absorbée
au détriment et au préjudice

de ses intimités les plus chères.
Mme de B..., en particulier,
se trouva

> . . . *assez dépourvue,*
> *Quand la robe noire fut venue,*

car elle avait, en épousant
M. de B..., sacrifié les relations de la baronne de Nailloux et du comte de Mulissac,
et il ne lui restait, à propre-
ment parler, que les amis de
M. de B...

Ceux-ci, occupant presque
tous les situations officielles
d'alors, ne voyaient de refuge
que dans la monarchie consti-
tutionnelle avec la famille d'Or-

léans, pour sauver la France,
comme ils disaient. L'abîme
qui les séparait des légitimistes
était aussi profond, alors que
le pays ne courait aucun danger, qu'aujourd'hui même, à
la triste époque où nous écri-
vons ces lignes, et où la réunion
des deux partis encore vivants
suffirait à peine à nous sortir
d'embarras. D'autre part, Mme
de B... voyait s'enfuir les années de la jeunesse et s'avan-
cer l'âge mûr avec ses doubles
mentons et son embonpoint;
heureusement encore que les
mentons vinrent, et avec eux

un certain embonpoint, qui
maintint toutes choses en l'é-
tat et ouvrit à Jeanne un nou-
vel horizon de succès.

En reprenant possession de
sa liberté, Mme de B... sut
en faire un usage intelligent.
Elle retourna, sans plus tarder,
dans le faubourg Saint-Germain, le matin d'abord, afin
de ne choquer personne, chez
les amies encore vivantes de
la baronne de Nailloux. Par
un de ces bonheurs qui l'ac-
compagnèrent dans son existence, on lui sut gré, là-bas,
de son retour vers une voie

meilleure ; on la traita comme
une brebis égarée, comme un
enfant prodigue, comme Vert-
Vert après ses voyages en
mauvaise compagnie ; on lui
demanda comment les prin-
cesses s'habillaient le soir, ce
qu'on faisait aux Tuileries
après dîner, si la reine était
aimable, si les princes cau-
saient d'une façon convenable,
s'il était vrai que le roi Louis-
Philippe coupât un jambon par
petites tranches à chacun de
ses repas ; enfin Mme de B...
aurait vécu dans l'intimité de
la cour de Madagascar, qu'on

ne lui aurait pas témoigné
plus de curiosité.

De leur côté, et par la con-
séquence naturelle des recon-
naissances de ce monde, les
amis de M. de B..., en appre-
nant que sa veuve se passait si
bien d'eux, se souvinrent qu'ils
avaient été comblés de politesses par elle ; ils décou-
vrirent, en outre, qu'elle re-
cevait la meilleure compagnie,
et qu'on rencontrait chez elle
cette catégorie de personnes
qui ne mettent pas les pieds
dans les salons officiels, et dont
cette abstention volontaire

constitue la vraie carrière,
fort aimables gens d'ailleurs,
et d'un commerce très-sûr. De
la sorte, le terrain neutre du
salon de Jeanne fructifia si
bien qu'elle prit peu à peu l'habitude de ne plus sortir le soir,
et d'attendre patiemment ceux
qui désiraient la faire profiter
de leur présence. Je dois
ajouter qu'une existence recherchée et une maison parfaitement tenue entretenaient
facilement le courant de ses
relations, avec les hommes
surtout qui confondent sans
cesse leur estomac avec leur

cœur, et qu'on prend volontiers comme les poissons, par
la bouche. Mme de B... conserva
donc une influence réelle sur
un monde assez étendu et
composé d'éléments divers,
qui s'amalgamaient chez elle,
pour sa plus grande satisfaction.

A quarante-deux ans Jeanne
était toujours belle. Les hommes corrompus de sa géné-
ration ne la trouvaient plus
assez jeune pour lui faire la
cour, mais ils se plaisaient
autour d'elle, et aimaient à
la montrer à leurs fils comme

la plus jolie créature de leur
temps :

— « Si tu avais vu cette
femme-là à vingt-cinq ans,
disaient-ils, tu en serais de-
venu amoureux. »

— « Mais vous, papa, ré-
pondaient les fils... »

— « Oh! moi, mon ami, j'é-
tais déjà marié à cette époque.»

Les fils se contentent, en
général, de cette réponse-là,
et ils font bien.

Les hommes de vingt-cinq
à trente-cinq ans allaient
plus loin que leurs devanciers,
et n'ayant pas de fils en âge

d'entrer dans le monde, ils
regardaient Mme de B... pour
leur compte personnel. Un
jour, Jeanne se fit la ré-
flexion qu'il n'existait pas un
seul portrait d'elle, excepté
une miniature qu'elle avait
donnée jadis à la baronne de
Nailloux, au moment de son
mariage avec M. de Mulissac.
Elle se regarda avec attention
dans sa glace, et se dit qu'il
serait vraiment dommage de
ne pas conserver un souvenir de son visage avant qu'il
ne se détruisît au profit de la
vieillesse. Elle s'informa donc

d'un artiste de talent qui pût
reproduire ses traits aussi
exactement que possible.

Chacun lui recommanda son
pourtraicteur ordinaire et lui
offrit le bras pour visiter son
atelier ; ce sont des courses
qu'on aime assez à faire avec
une très-belle personne. Le
peintre, qui ne sait pas, croit
qu'il faut être discret, et on le
laisse dans cette idée pendant
quelque temps. On obtient
ainsi l'apparence extérieure
d'un succès, et le monde est
plein d'Auvergnats de cette
espèce, qui mangent leur pain

noir à la fumée d'un triomphe
imaginaire.

Jeanne mit un certain temps
avant de se décider, et finit
par jeter son dévolu sur un
peintre âgé de vingt-huit ans,
qui arrivait de Rome, et ado-
rait la peinture. Dès qu'on sut
que Mme de B... faisait faire
son portrait par M. L...,
chacun voulut savoir combien
M. L. demandait pour un portrait de la même grandeur,
et aussitôt l'artiste reçut cinq
commandes. Ce jeune homme
ne comprenait rien au bonheur qui lui tombait du ciel

sous une aussi belle forme ; il
supplia Mme de B... de con-
sentir à poser quarante fois si
cela devenait nécessaire, afin
de réussir, suivant ses propres
expressions, le portrait de sa
bienfaitrice.

Jeanne s'effraya, au début,
d'un aussi long travail; mais
L... était plein d'esprit, d'une
gaieté communicative, insou-
ciant au possible, oublieux de
son passé laborieux et obscur,
et tout entier à la joie du
présent, absolument, en un
mot, l'inverse des hommes que
Jeanne voyait habituellement

chez elle. C'est à son atelier
que j'ai vu Mme de B... pour
la première fois; j'étais fort
jeune alors, et je me souviens
du charme qu'elle exerça sur
moi dès que je l'aperçus. L...,
réussit au delà de ses prévi-
sions et produisit un portrait
merveilleux; il savait son mo-
dèle par cœur, comme il disait, après les premières séances, et, après les dernières
séances. c'était son cœur qui
le savait sur le bout de ses
doigts. Jeanne fit de L... un
des habitués de son salon, et,
par une protection aussi dé-

licate qu'intelligente, elle lui
valut de nombreux succès, de
peinture, s'entend, car, pour
les autres, L... se tirait parfaitement d'affaire à lui seul :
il s'en tirait même si bien que
Mme de B... en prit un certain
ombrage, quoiqu'elle eût la
conscience de son âge et des
indulgences qu'il impose.

Toutefois, elle sut s'attacher
le peintre aussi sérieusement
que le comportait sa nature
remuante et bohémienne. Il se
laissa faire; d'ailleurs les torts
étaient de son côté, et c'est
une situation commode pour

témoigner de l'affection aux
femmes qu'on a blessées.

Quelques années se sont passées. Jeanne a cinquante-trois
ans; elle a acheté une propriété
sur les bords du lac de Ge-
nève, cet adorable endroit où
l'on se repose si bien des fa-
tigues morales ou matérielles.
Elle vit là pendant les mois
d'été, entourée de fleurs et
des plus beaux ombrages. Sa
propriété se nomme le Petit-
Tinquet (¹), par opposition au

(¹) Les Suisses donnent volontiers à leurs
propriétés des noms tirés de la vie réelle.

Grand-Tinquet, qu'on aperçoit
sur le Jura, un peu en ar-
rière ; on en visite les serres
quand on passe par là ; les
touristes ne manquent jamais
à ce devoir ; mais la « belle
dame, » comme on l'appelle
dans le pays, se trouve rare-
ment sur le passage des touristes ; quand elle vient en
Suisse, c'est pour s'y reposer
et non pour rechercher des
hommages, oui, des hommages
rendus de bonne foi à sa beauté ; jamais guerrier ne conserva
plus longtemps ses armes ; les
années semblaient caresser ce

visage sans s'y arrêter; sans
doute on s'apercevait de l'âge,
mais en regardant Jeanne, on
le lui pardonnait : *Qu'elle est
belle ! toujours belle ! en vé-
rité, elle est extraordinaire !*
furent les trois expressions
qu'elle entendit le plus souvent
prononcer et qui soutinrent son
courage. Je dis courage, parce
qu'il en faut pour vieillir, si
peu qu'on vieillisse.

C'est pourquoi on ne saurait
trop encourager les femmes à
conserver leurs dents et à
acheter des cheveux.

On aimait Jeanne en France,

on l'aimait en Suisse, on l'aimait partout et toujours,
simplement parce qu'elle n'é-
tait pas méchante : il n'en faut
pas davantage. Elle ne faisait
pas beaucoup de bien, mais elle
ne faisait pas de mal ; qu'on
remarque cette qualité néga-
tive, que je considère comme
une grande vertu. Je ne sais
pas s'il fallait en attribuer le
mérite aux circonstances ou à
son naturel doux et aimable ;
mais elle ne se mettait sur le
chemin de personne, et quand
elle s'y trouvait, jamais elle
ne cherchait à nuire.

Le malheur voulut qu'elle commît, pendant un de ses séjours au Petit-Tinquet, une inconséquence qui témoigna plutôt d'un excès de bonté que d'une faiblesse intempestive. Un de ses amis de Paris, lui recommanda son fils de dix-sept ans, qui voyageait en Suisse après son examen de bachelier ès-lettres. Ce jeune homme vint au Petit-Tinquet en descendant du Mont-Blanc, qu'il avait escaladé malgré un fort mauvais temps et au prix d'une entorse formidable. Trois semaines passées chez Mme de B...

et les soins les plus hospitaliers
suffirent à peine à le remettre.

Sa présence au Petit-Tin-
quet, habituellement peu fré-
quenté par des adolescents, fit
jaser les villageois vaudois. On
alla jusqu'à affirmer qu'il voulait épouser Mme de B..., tant il
en était amoureux. Les échos
ridicules de cette aventure par-
vinrent jusqu'à Paris, d'où le
père écrivit au collégien une
lettre d'une telle encre, que le
malheureux dut repartir à
peine guéri. Quand il monta
en voiture il baisa la main de
Jeanne, avec ces paroles entre-

coupées par les larmes: « Madame, je n'oublierai jamais ce
que vous avez été pour moi. »
Le jardinier, qui écoutait sans
faire semblant, derrière le per-
ron, en bêchant une plate-
bande, entendit ces mots et les
interpréta d'une façon malveil-
lante. Sainte innocence de la
campagne, voilà bien de tes
coups!

Mme de B... fut fort contra-
riée de cette affaire: sa femme
de chambre lui raconta en
grand détail les commentaires
du canton de Vaud, qui est pro-
testant et très collet monté

à l'endroit du prochain. Au
premier moment elle répondit :

Que voulez-vous que j'y
fasse ?

Et puis, elle revint à Paris
plus tôt que d'habitude, absolument dégoûtée du Petit-Tinquet.

Jeanne vendit difficilement
cette propriété magnifique ,
pour laquelle les acheteurs se
présentaient en foule quand
elle voulait l'acquérir ; car c'est
un problème encore inexpliqué
pour beaucoup de bons esprits,
que la facilité d'acheter et la
difficulté de vendre ; ceci s'é-

carte de mon sujet, mais je
pose la question pour que d'autres y répondent. On ne me
fera jamais comprendre le problème que voici : nous sommes
vingt amateurs pour une propriété, j'obtiens la préférence
et j'achète. Dès que je suis de-
venu acheteur je ne puis plus
devenir vendeur, parce que les
acheteurs, comme je l'étais
tout à l'heure, ont disparu
comme par enchantement. Donc
il n'y a que des acheteurs pour
les propriétés, ou il n'y a que
des vendeurs, comme on vou-
dra, mais on ne les rencontre

7

pas ensemble. Je fais appel à
la loyauté de mes lecteurs;
qu'ils me contredisent, s'ils l'o-
sent.

Jeanne retrouva à Paris sa
vie accoutumée; à la rentrée
de l'hiver sa maison se remplit
de ses hôtes quotidiens, et la
petite anecdote suisse passa tout
à fait inaperçue au milieu du
déluge de commérages que les
frimas apportent avec eux
dans les salons, comme un ap-
point à la chaleur du foyer.
Malheureusement, les événements politiques de ces vingt-
cinq dernières années por-

taient leurs fruits pour Mme de B... comme pour les femmes habituées à être fort entourées.

La révolution de février 1848, et l'avénement de l'Empire, sans éparpiller les éléments de la société, et en les resserrant au contraire par une opposition commune, n'en avaient pas moins déplacé les centres et dérangé les combinaisons mondaines. D'ailleurs, la mort, qui ne s'arrête jamais, continuait son travail et emmenait de temps à autre chez elle un ami de M. de B..., comme elle avait jadis emmené succes-

sivement ceux du comte de
Mulissac. Restait la jeune génération. Mais celle-là commen-
çait à ne plus se plaire dans
le monde, ou à considérer les
politesses les plus élémentaires
comme un devoir, c'est-à-dire
comme un ennui. Jeanne sentit
peu à peu un vide se former autour d'elle, un vide inconnu et
inexplicable que rien ne pouvait combler et qui l'épuisait
de fatigue.

Elle ne voulait pas en
convenir par l'amour-propre
naturel à une femme dont la
beauté avait exercé un si long

empire; elle souffrait par une cause qu'il ne dépendait de personne de faire cesser. Mme de B... ne possédait pas d'enfants. Heureusement que son caractère n'avait pas été aigri par cette absence d'affection directe. Elle se sentait seule parce que chacun se sent seul à un moment donné; mais comme les enfants abandonnent volontiers leurs parents dès qu'ils n'ont plus besoin d'eux, elle se félicitait d'échapper à cette douleur-là, sans tenir compte de ses compensations. Chose bien digne de remar-

que chez cette aimable femme,
la jeunesse des autres ne l'irri-
tait pas; elle trouvait les femmes jolies et défendait leur
beauté, vis-à-vis de ses amis,
avec une supériorité d'appré-
ciation qui ne laissait aucun
doute sur sa bonne foi. Les
agitations de son passé lui
inspiraient de bons avis pour
ceux qui la consultaient; elle ne
conseillait jamais une rupture;
elle encourageait les réconci-
liations, ou du moins les par-
dons, et surtout l'oubli.

— « Rien n'est bon comme
d'oublier les choses et les gens,

disait-elle, quand on ne leur doit que de mauvais souvenirs. »

Malgré ces raisonnements et d'autres encore, elle n'empêchait pas la tristesse et la solitude de planer sur sa vie :

— « Qui donc aimer, disait-elle, à mon âge? »

Les dix années que nous venons de passer se sont écoulées pour Mme de B... sans grands tourments, mais aussi sans aucune joie, et tout présageait que cette existence inoffensive et tendre se terminerait à l'abri des émotions violentes. Jeanne

a eu soixante-trois ans l'année
dernière, au moment de la
guerre avec la Prusse. Retirée
en Touraine, pendant le siége
de Paris, elle attendait la fin
de ces horribles événements
pour rentrer chez elle, lorsqu'elle reçut une lettre qui lui
apprit la mort d'un de ses meil-
leurs amis, tué devant l'en-
nemi. Cette nouvelle lui fut
apportée par son aide-de-camp,
qui avait assisté à ses derniers
moments et recueilli ses dernières paroles :

— « Quand je serai mort, lui
avait dit M. de P..., l'enfant

que j'ai sera seul au monde;
voulez-vous être assez bon,
mon cher ami, pour aller
trouver la bonne, l'excellente
Mme de B..., et pour lui de-
mander de s'en charger. Ma
fille a sept ans aujourd'hui
même; je lui laisse quelques
ressources, mais elle est seule
au monde pour des raisons qu'il
ne m'appartient pas de dévoiler; je puis ajouter incidem-
ment que sa mère ne vit plus,
et que Mme de B... ne sera
pas dérangée dans sa bonne
œuvre. »

— « Voilà, madame, ce que

M. de P... m'a chargé de vous
dire, ajouta en terminant le
porteur de cette ambassade;
décidez vous-même de ce que
vous voudrez faire; si la mission que je remplis ne trouvait
pas auprès de vous un accueil
favorable, je me chargerais
moi-même de la fille de M. de
P..., mais je crains bien, si
j'en juge aux pleurs de vos
beaux yeux, que vous ne m'en
laissiez pas la joie. »

En effet, Mme de B... sentit, ce jour-là, la seule émotion
poignante de sa vie; elle pria
son interlocuteur de lui donner

les indications nécessaires, et
partit le lendemain avec lui
pour aller chercher l'enfant. Il
lui sembla qu'elle n'arriverait
jamais jusqu'à la petite ville du
Midi où se trouvait le dépôt
que le ciel lui envoyait. Elle
l'emporta comme un avare em-
porte un trésor, et, depuis ce
jour il ne lui manque plus rien
en ce monde. La petite fille
est charmante, mais très-sau-
vage, et c'est le seul être pour
lequel Jeanne développe les
recherches les plus raffinées de
la coquetterie. Il faut les voir
ensemble!!! L'enfant résiste,

mais je garantis qu'il subira le charme.

J'avais laissé le manuscrit de cette notice biographique sur ma table, en sortant de chez moi, il y a quelques jours; quand je rentrai, je trouvai mon excellent ami l'ingénieur, assis dans mon fauteuil, fumant un cigare et lisant mon travail. Je fus fort agacé, et je ne me gênai pas pour le lui dire.

Le mal étant fait, je lui de-

mandai ce qu'il pensait de la
biographie. Il me répondit :

— « Je pense que les chiffres sont fort exacts. »

— « Comment les chiffres ? »

— « Mais oui, fort exacts, les
chiffres. »

Je crus que l'ingénieur
avait lu un rapport concernant
le percement du Mont-Cenis.
qui se trouvait sur ma table
également, et du même format,
mais c'était bien de mon manuscrit qu'il s'agissait.

— « Soyez assez aimable,
dis-je alors, pour m'expliquer
ce que vous avez compris. »

— « Mais, mon ami, reprit l'ancien élève de l'École polytechnique, je vais vous le dire, et vous verrez que j'ai bien lu : écoutez :

Quand Mlle de Sartilly épousa M. de Mulissac, elle avait 17 ans et lui 53.

$$17 + 53 = 70.$$

Quand, après la mort de son premier mari, elle épousa le second, elle avait 28 ans et M. de B... 42.

$$28 + 42 = 70.$$

Quand Mme de B... fit la connaissance du conseiller à la

Cour des Comptes, ils avaient
tous les deux 35 ans.

$$35 + 35 = 70.$$

Quand Mme de B... fit faire
son portrait, elle avait 42 ans
et le peintre 28.

$$42 + 28 = 70.$$

Quand Mme de B... soigna
en Suisse ce jeune homme de
17 ans, elle en avait 53.

$$53 + 17 = 70.$$

Enfin, quand Mme de B...
adopta, l'an dernier, la petite
fille de son ami, et elle fit bien,
car M. de P... était un ancien

élève de l'École, elle avait 63 ans et l'enfant 7 ans.

$$63 + 7 = 70.$$

Je répondis humblement : C'est vrai.

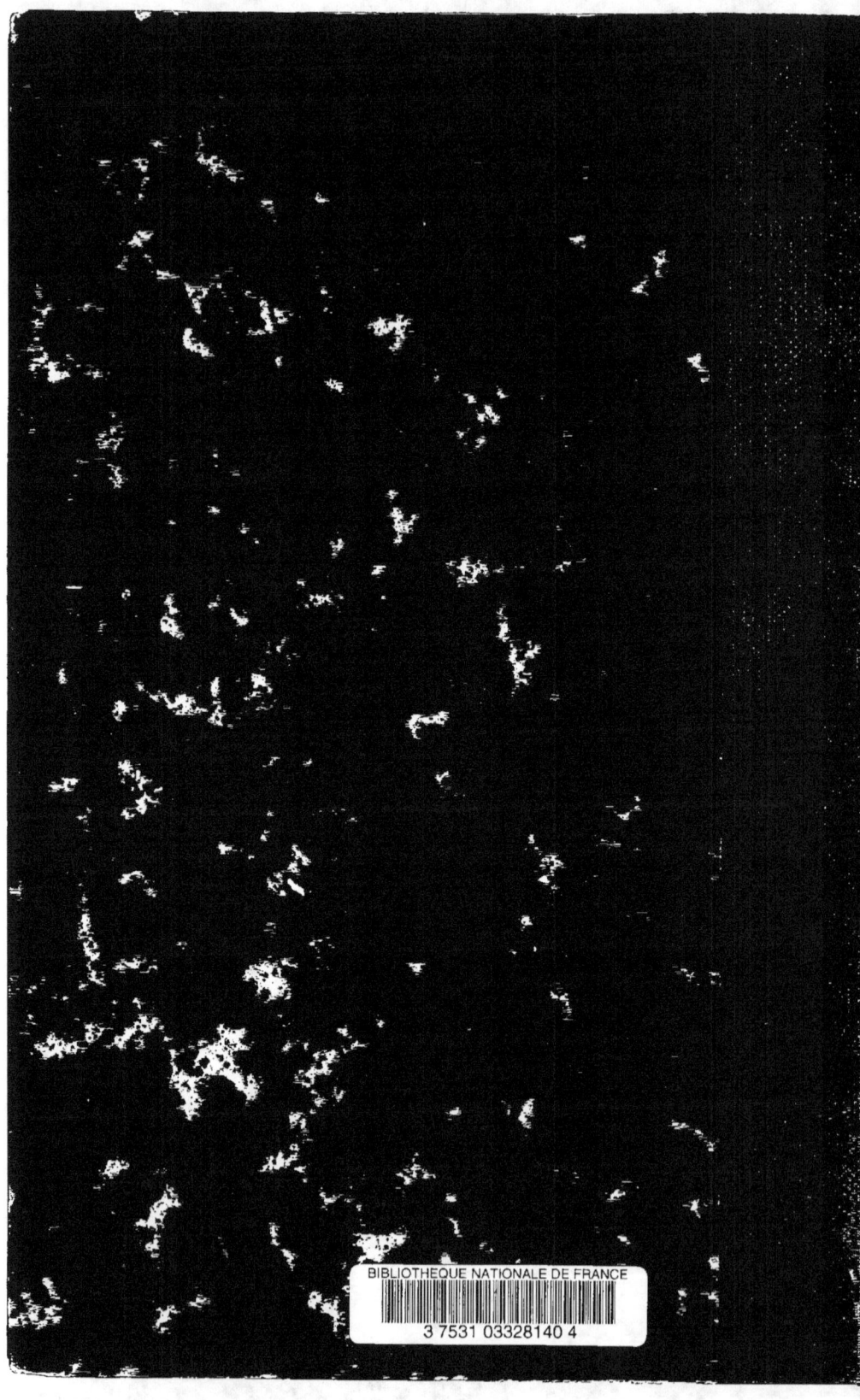